꽃은 봄을 사랑했지

꽃은 봄을 사랑했지

발행일   2020년 5월 28일

지은이   김광련
펴낸이   손형국
펴낸곳   (주)북랩
편집인   선일영   편집   강대건, 최예은, 최승헌, 김경무, 이예지
디자인   이현수, 김민하, 한수희, 김윤주, 허지혜   제작   박기성, 황동현, 구성우, 장홍석
마케팅   김회란, 박진관, 장은별
출판등록 2004. 12. 1(제2012-000051호)
주소   서울시 금천구 가산디지털 1로 168, 우림라이온스밸리 B동 B113, 114호
홈페이지 www.book.co.kr
전화번호 (02)2026-5777   팩스   (02)2026-5747

ISBN   979-11-6539-241-3 03810 (종이책)   979-11-6539-242-0 05810 (전자책)

이 도서의 국립중앙도서관 출판예정도서목록(CIP)은 서지정보유통지원시스템 홈페이지(http://seoji.nl.go.kr)와
국가자료공동목록시스템(http://www.nl.go.kr/kolisnet)에서 이용하실 수 있습니다.
(CIP제어번호: 2020021526)

(주)북랩 성공출판의 파트너

북랩 홈페이지와 패밀리 사이트에서 다양한 출판 솔루션을 만나 보세요!

홈페이지 book.co.kr   •   **블로그** blog.naver.com/essaybook   •   **출판문의** book@book.co.kr

김광련 시화집

꽃은 봄을 사랑했지

북랩 Lab

작가의 말

김광련

시가 삶이라면 시가 하겠는가

그리고 그대가 시라면 또 얼마나 근사하겠는가

험한 세상 살다 보니 그 어떤 견고함도

위로가 되지 않고 주저앉아 울고 싶을 때

시가 내게 말을 걸어왔지

풍요로운 생명으로 채색을 그려야 한다며

내 여정을 툭툭 두드려 주었지

이름을 불러주는 방식이 너무 고마워서

삶을 낭독하듯 난 그만 빠져버렸지

소박한 나의 시가 거람님의 붓끝을 오르내리며

형형색색 한 마리 나비 되어 날아오른다

김반석

김광련님의 시가 바람으로 와서

거람의 붓끝에 앉아 꽃으로 피어났다

목차

제1부 찔레꽃 연가

제2부 저 바람 때문이야

제3부 달빛 부서져 내리던 밤

제4부 그리움은 노래가 되어

꽃은 봄을 사랑했지···

제1부

찔레꽃 연가

향기도 형태도 없는것이 우주보다 더 크게 내

제1부

꽃이를 트네   그리움

ㄹㅅㄹㅁ

자목련

손가지도 없는 게
지나가는 바람이
슬쩍 건들기로

덩그렁 그리움만 키워
심장 붉은 터지는 소리
담장을 넘는가

복수초

보면 볼수록
어여쁜 꽃

송아기 볼처럼
앙증맞은 꽃

깊은 산골짜기 등등을 뚫고
노란 기저귀 차고 봄을 부르는 꽃

7820

수선화

알찬 순이
부푼 가슴처럼
아무도 모르게
함초롬히 피어난 꽃

수줍은 마음
누가 볼세라
노란 저고리 입고
사알짝 미소 짓는 꽃

가녀린 꽃대
바람에 아니 꺾이고
순결한 그 자태
달밤에 더욱더 고옥하네

동백

저 못된 손에게 줌봐

비명도 없이 피눈물 쏟고

송두리째 절명하는

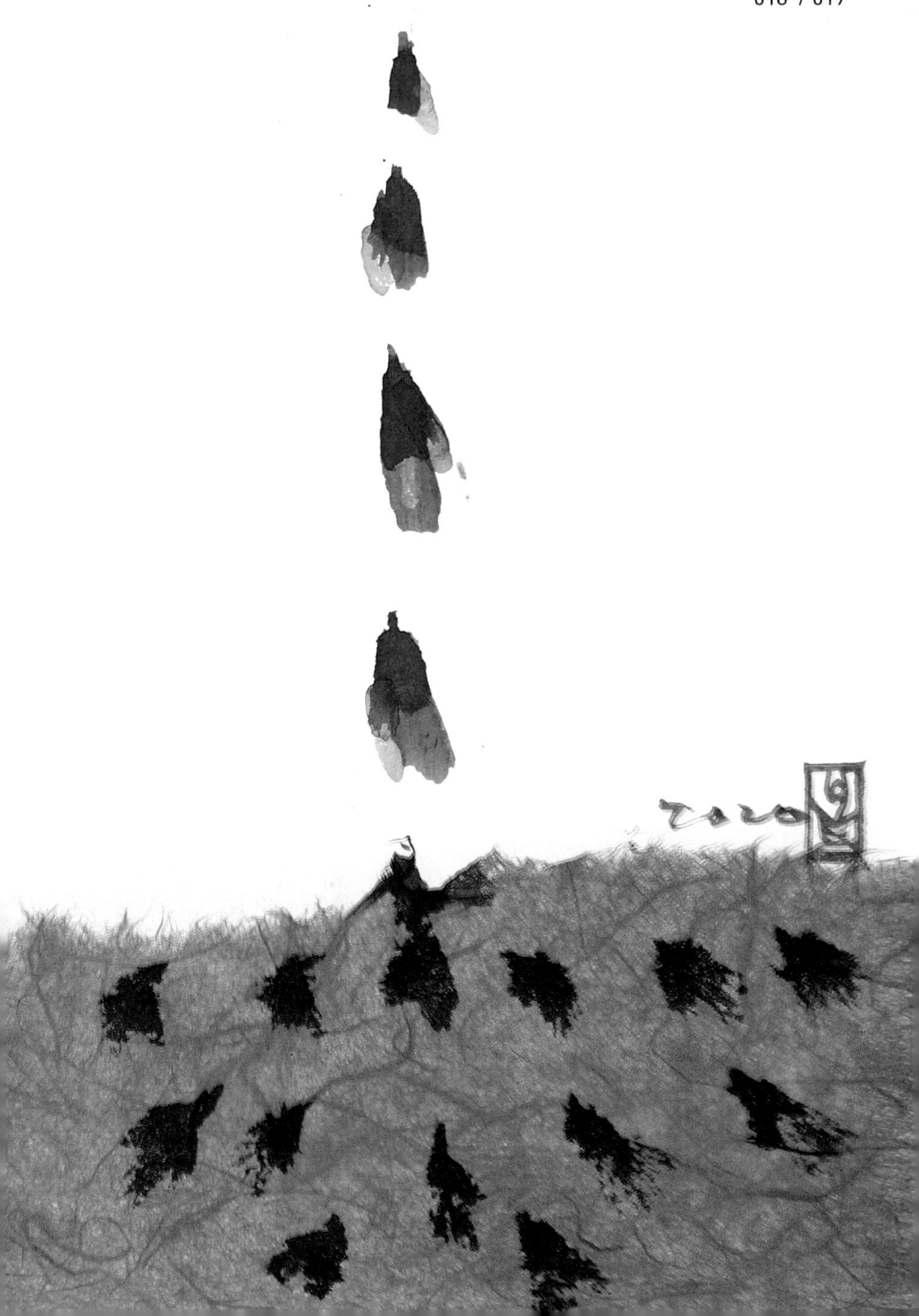

꾸역꾸역
밥을 먹습니다
꾸역 꾸역
밥을 먹어도
배고픈 아가처럼
난 늘
허기가 찹니다
그리움

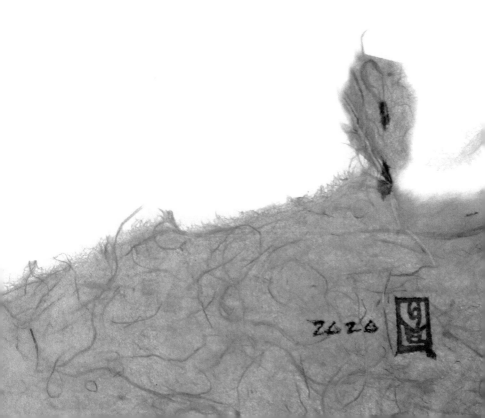

미인

꽃들 잠을 잔다

그래야 더 이쁘지니깐

나도 잠을 잔다

그래야 꼭

미되니깐

2020

나팔꽃

잘 들리니?
내 생각하라고
아침마다
나팔 불어 줬잖어

잘 보이니?
하나도 남김없이
내 속내
보여 줬잖어

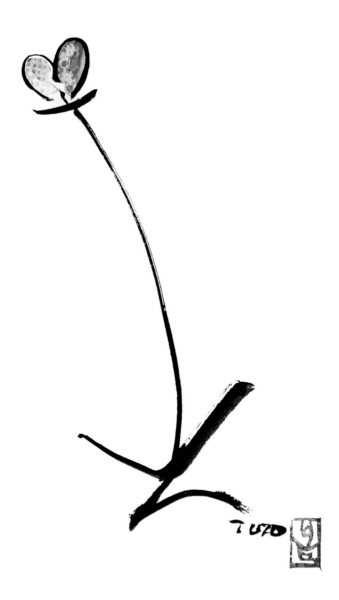

홍매화

붉은 입술로
누굴 유혹하려 드느냐
새로 살이 내 비래지여도
진홍빛이다

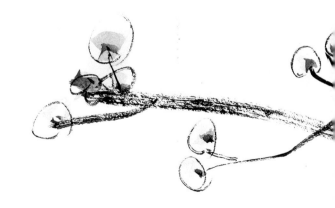

찔레꽃 연가

탱자나무 울타리
정겹던 내 고향

지금쯤
하얀 찔레꽃 피어 있겠지
꽃반지 끼워주며
멋쩍게 웃던 그 머스마
귓가엔 서러꽃 피어 있겠지

산까지 노래하는
그리운 내고향
지금쯤
하얀 찔레꽃 지고 있겠지
꽃 편지 건네주며

수줍게 웃던 그 계집애
눈가에 구름 꽃 피어 있겠지

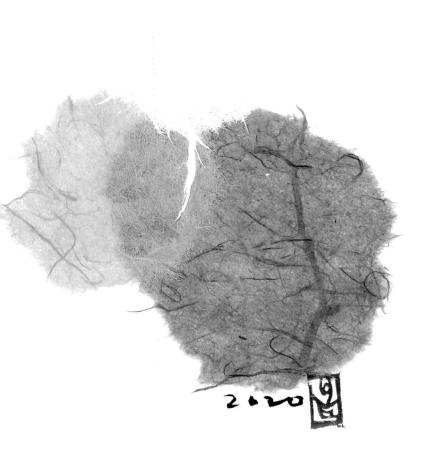

2020

진달래

아침 일찍 산책 다녀와
한 아름 진달래꽃
건네주는 남편
자 이거 봐
뭐 떠오르는 시상이 없나

봄을 전하는 남편도
벌써 시인이다
얼굴 붉히는 진달래

꽃보다 더 찐한 사랑 전한다
가슴 들여다보는 눈망울에도
연분홍 꽃이 활짝 핀다
남편은 나의 봄

꽃향기로 시를 읊조린다

꽃자리

행복이 따로 있나
산새에 물소리
웃음꽃 피는
이곳이 지상낙원이죠

코끝을 스치는
풀꽃 향기가 좋아
귓불을 간질이는
봄바람도 좋아──

아침에 눈을 뜨면
축서물 같은 하루가
살아 숨 쉬는
모든것들이 사랑스러워

우리가 꿈꾸는 세상
아름다운 세상
당신과 내가 있는
이곳이 꽃자리죠

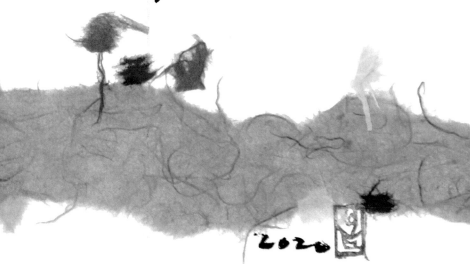

2020

누가 누가 했을까

누가누가 이러 곱게 수놓았을까
솜사탕 같은 하얀 뭉게구름
아기 천사들이 노닐다 간 자리인가 봐
언 링 풍선 타고 하늘로 올라가
천사들과 하하 호호 놀고 싶어라 —

누가누가 저리 곱게 물들였을까
내 마음 닮은 파란 하늘
고운 선녀들이 목욕하고 간 자리인가 봐 —
무지개 타고 하늘로 올라가
선녀들과 첨벙 첨벙 놀고 싶어라 —

봄바람

살랑살랑 봄바람 불어오더니
파릇파릇 새싹이 돋아났어요
한들한들 봄바람 불어오더니
삐약삐약 병아리 노래불러요
팔랑팔랑 봄바람 불어오더니
나풀나풀 나비가 놀아왔어요
산들산들 봄바람 불어 오더니
새근 새근 아기가 단잠을 자요

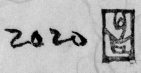

三月이

안 보는 척, 안 듣는 척
모른 척, 새침데기 가시나

연분홍 치마 바람에 휘날리며
박꽃 엉덩이 실룩실룩
동네 방네 휘젓고 다니더니
동장군 뒤에 숨어 버렸다

한번 품어 보기도 전
꼬리만 남기고 사라진 구미호

팔딱팔딱 재주넘으며
내년에 다시 올 그 가시나

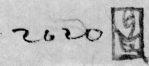

사람들은 나빠요

펑펑 폭죽이 터질 때마다
아기 별님은 얼마나 무서울까
쌩쌩 비행기가 지나갈 때마다
아기 구름은 또 얼마나 아플까요
사람들은 나빠요
많이 많이 나빠요
정말 정말 나빠요

뿡뿡 나쁜 공기 내뿜을 때 마다
나무와 꽃들은 얼마나
힘들까요
저 높은
하늘나라 천사님들도
숨이 막혀 쿨룩쿨룩 기침하네요
사람들은 나빠요
정말 정말 나빠요

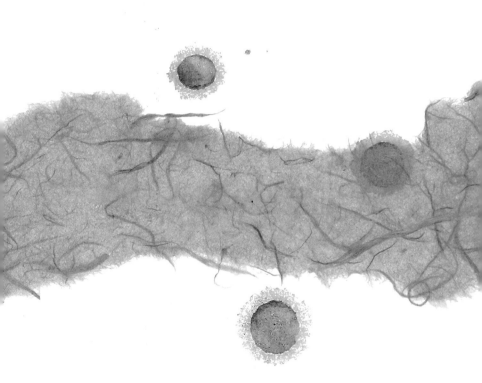

2020

가을날에는

햇살 고운 장독대 위
고추 잠자리
장대 끝에 매달린
뭉게구름 따 먹고요
싱그런 바람
코스모스 입맞춤하면
우리 누나 가슴에는
봉사꽃 피지요

황금들녘 농부의
구슬땀은
내일의 희망찬 꿈들이
알알이 영글고요
우리 아기
맑은 눈동자엔
가을 소풍은 어여쁜
천사들이 노닐고 웃지요

2020

장오련

태양을 품고 한낮에 피었다
밤이면 오므리고
손은 비고 밖은 골으며
우리 갑춘줄기 가시 숨었다
진흙 속에서을 꽃 피우며
붉은옷 입어도 오염하지 않고
고귀한 자태 멀수록 향기로워
아마 꽃중에 자색 꽃이라

빗방을 굴을리는 잎 가장자리
보석으로 치장할 줄 알고
바람 불면 푸른 내 비단 치마
살짝 살짝 들추며 향내 풍긴다
물결 지나간 혈자리
산방팔방 바람 숨의 일어 숭숭 구멍이 뚫린다
내가슴 속에는
흠 간 마음 아물때 마다
불쑥 불쑥 솟아나는 봉우리
광배를 머리에 두른 성자처럼
타오르며 피어나는 꽃

꽃은 봄을 사랑했지

분다 바람이 분다
목련꽃 피는 소리가
요란하여니 얄미운 봄바람
향기만 두고 가버렸다
간다 봄날이 간다
간밤에 내린 비가
꽃잎 떨어지더니 앞가슴 해지고
쓰라움만 두고 가버렸다

탄다 가슴이 탄다
뻐꾸기 구슬피 우는
봄 여울 목 넋이 나간 여자
마른 꽃이 되어 서 있다

꽃은 봄을 사랑했지···

제2부

저
바
람
때
문
이
야

돛단배

내 가슴에 돛단배 하나 있지
꼭꼭 숨겨둔 돛단배 하나
달빛 흐르는 밤이나

별빛 고운 밤이면
저 강물에 내 마음을 내 걸고
당신께 노 저어 가렵니다
달빛을 앞세우고 바람을 등에지고
당신께 노 저어 가면 당신은
수천 수만 개 바람되어
따스하게 나를 감싸고 옵니다
내 가슴에 돛단배 하나 있지
순백의 사랑 돛단배 하나

고양이처럼

운동복차림으로 모임에 갔다
평소 잘 아는 박 선생이 웃으며
운동 간다며 왔죠?
요즘 참 보기드문 사람이라다
집밖의 나보다 집안의 나를 더 좋아하시는
시부모님께 다 고할 순 없지 않는가
열흘 전 모임이 있어 반듯하게 차려입고
노래방까지 갔다가 밤늦게
살금살금 현관에 들어서는데
"세상이 험하다 일찍 다녀라"
한마디 던지고 졸린 눈 비비며
안방으로 들어가시는 아버님
티 틀끓는 젊은 며느리
외출할 때마다 고하면 마지못해 허락은 하겠지만
때론 거짓말이 참말보다 예쁘지 않은가
초저녁잠 많으신 울 아버님
지금쯤 다디단 단잠을 주무실 것이다—

성형

아버지 팔순 잔치 날
가족사진을 찍는다
큰 거울 앞에 선 어머니
머리 단정하게 빗고
뽀얀 딱분 펴 바르고
빨간 립스틱 칠어 바르고
꽃단장하며 찍은 사진
영 마음에 차지 않는다
좀 젊어 보이게 할 순 없나요?
사진관 남자, 메스를 든다
늘어진 턱선 깎아 내고
길게 팬 주름 다리고
깨진 볼 생기 불어 넣고

막둥이

배추속 여린 잎사귀 닮은 소녀가
알타리무 같은 마음을 흔들었나 본다

깻잎, 호박, 감자를 밀어낸 텃밭에
땡볕을 품은 고추 단단히 붉어져 간

달빛 머금은 배추 줄렁거릴때
무청은 덩달아 올라오고
무 밑동이 워낭처럼 울어멜 때
그 고갱이 노랗게 익어간다

어느새 그 녀석
배추김치가 더 좋다며
텃밭을 향해 저만치 달아난다——

여우

에이, 하똑질 나!
며느리보다 그 여자가 좋단 말이지
언니라고 부르는 게 그리 좋단 말이지
시할아버지 파젯날 봉송封送 하고
조금 남은 떡, 전, 나물이 그릇째 사라졌다
며칠 반찬 걱정 덜겠다 싶었는데
어머니가 목욕탕 집에 갖다 줬단다
며칠 후, 빈 그릇에
웃음보만 한가득 담아 온 여자
"새댁, 어쩜 그리 예쁘고
맛깔스럽게 음식도 잘하세요"

홀딱 넘어 갔다
쏜살같이 텃밭으로 달려가 풋고추며
상치, 호박, 깻잎 한 바구니 따서
비닐봉지 안에 꾹꾹 눌러 담는다

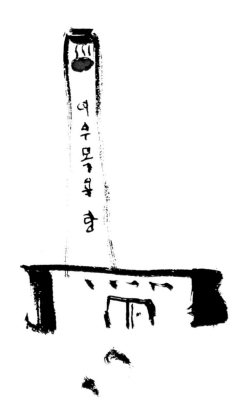

이월

들숨이 턱 막힌다
겨우내 눈구경 한번 하기 어려운 곳
봄 지척에 폭설이라니
카메라 챙겨 들고 산을 올랐다
산 너머 문수사 수정궁궐이다
기도를 법당에서만 하랴
휘어질 듯 휘어질 듯 내려앉은 눈
견딜 수 없는 무게만 덜어 내리고
감당치 못할 기쁨만 덜어 내리고
내 머리 위에, 나뭇가지 위에 내린다
온 세상 공평하게 덮는다
한 나절 현상의 시간을 보내고
지상으로 내려와
무심히 뒤돌아 본 순간
수정궁궐 온 간데 없다
서둘러 겨울이 북지방 넘어가고 있다

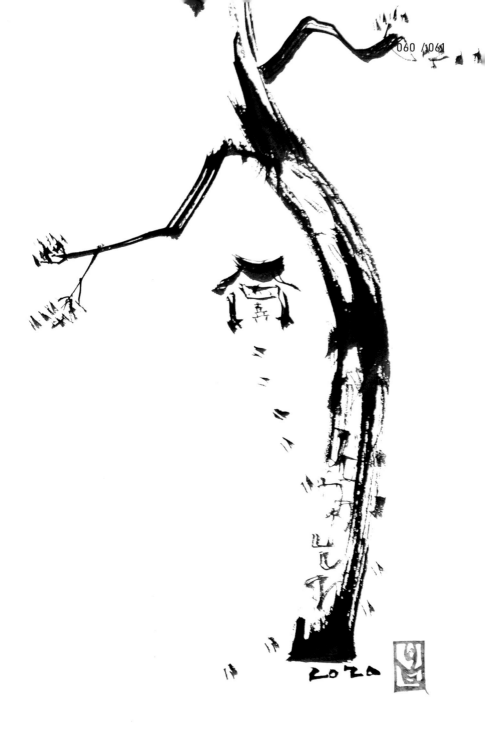

2020

설익은 밥

가끔 詩를 먹고 싶다
구수한 잡곡밥에
좀 들거리는 詩眼으로
한 양푼이 비벼
마니 두들겨 가며
먹어 봤으면 좋겠다
싱싱한 詩語들이 연과 연사이를
오르내리며 진액을 쏟아 낸다면
푹 삭은 詩心들이 연과 연사이를
넘나들며 젓갈 처럼 여운이
남는다면 배탈이 나도 좋으리

설익은 밥이
농익은 詩가 될 때까지
혀끝에 매달려 오돌거린다

곰국 끓이는 저녁

세상에 제일 보기 좋은 건
마른 논에 물들어가는 거 하고
새끼 입에 밥 들어가는 거
시아버지 한마디 하자
시어머니 먹다 말고 사레들린다
에라, 미운 놈 떡 하나 더 준다
입안에 맴도는 서운함 걸어내고
뼈 속에서 우려난 앙금도 걸어내고
가까이 사는 아랫동서네, 시누이네
한 냄비씩 갖다 주자 꽃이
시누이 볼 우물에 함박꽃이 핀다
애야, 곰국이 시원하고 구수하니
술술 잘 넘어간다
육신 공양을 끝낸 소
멍에를 내려놓고 식탁에 올라앉는다
달그락 달그락 혀를 놀린다

은사시나무

며칠 잠 못이루었다고
얼굴에 검버섯 꽃이 만발하였나
전생에 무슨 업이 많아
육신이 이리 고달픈지 모르겠다며
서럽게 돌아누운 어머니 등 모서리
낙엽 타는 냄새가 진동한다
색동저고리 빛 바래기도 전
어려운 살림살이 도맡아
팔십 평생 부려 먹었으니 어디가 성하랴
관절마다 속 단풍이 들고
가슴속 숯덩이가 역꽃으로 피네
부귀영화도 퀴 같은 자식도 소용없다
하늘을 보면 숭숭 구멍 난 자리마다
바람이 지나가는 소리
생을 붙잡고 있는 잎술이 파랗다
웃자란 은사시나무
여기저기 늑씬이 떨고 있다

서운암의 가을

소나무 한 그루 서 있는 언덕 배기
구절초가 짙게 피어있다
바람을 몸으로 맞는 달빛 억새에
온누리 눈부시게 밝다 —

구름을 머금은 거문 강독대
둥근 그늘을 잡아 당기며
농담 짙은 마음의 사연을 풀어 놓아

하늘을 날으는 풍경소리
단풍잎을 끌고 있은 한적한 오후

시집 한권 손에 들고 걸어가는 여자
역엽같은 사과하나 떨구어 놓고 가리니
서운암에 오면 수채화가 된다

나 이

친정어머니 모시고 백화점 가서
빛깔 고운 블라우스 한벌 사고
딸아이 브래지어도 하나 샀다
여야. 나도 브래지어 하나만 사다오
요즘은 할머니들도 다 하더라

아차. 어머니 가슴에
나비 한 마리 숨었구나
아버지 일찍 돌아 가시고
어머니 나비 날아가 버린 줄 알았는데
다섯 송이 꽃이 어머니 나비였고
비바람 거뜬하게 잘 견뎌 냈지
어머니 가슴에 날개를 달자
처음 입는 브래지어가 어색한지
수줍게 웃는 어머니 두 뺨에
연분홍 나비 한 마리 날아 오른다
오늘 밤 나비는 꽃을 찾아
나른한 날개를 접고 꿈맛을 볼 것이다

저 바람 때문이야

내 나이 수한하고 다섯
적잖은 바람 할퀴며 지나갔지
잔잔한 바람이 불땐
숙명처럼 받들어 안고
드센 비바람이 불땐
숨죽여 때를 기다렸지

내 이제 고을 향기
따울 수 있었던 건
끊임없이 흔들어 댔던
저 바람 때문이야~

내인생 긴밤엔 축제처럼
바람 잦 자지 않았다면
내 어찌 이리 푸른 웃음씨
노랫 부를 수 있었으랴~

새우깡의 변명

나에게도 꿈은 있었지
푸른 물살 가르며
유영하는 발레리나 처럼
수면 위로 튀어 오르며
비상을 꿈꾸기도 했지
한낱 심심풀이 주전부리로
주정뱅이 술안주로
으스러지는 고통도 겪지만
아가씨 입속에서 녹아내릴 땐
황홀하기도 했지
내 비록 꿈은 접었지만
슬픈 생은 아니라네
수많은 분신 금빛 날개 달고
방방곡곡 누비고 다니고 있지
근데 말이야
지금은
내가 천사이고 시인이라는 걸
아무도 몰라

장마철

구름사이로 내리바치는 햇살
배시시 웃고있는 저미소 꿀같이다
또 믿었다간 코 깨진다

2025

앵무

초록 깃털 새워
아무리 품 잡아도
새장 안이다——
나도 내말을 모른다.

봄 바다

장생포 앞바다 돌고래 떼
푸른 물살 가르며 봄 밀어 오린다
빨간 립스틱 선글라스 끼고
봄나들이 나선 맏며느리들
주름진 얼굴 해풍에 씻어
갯바위에 널어놓고
깔깔거리는 모습 괭이 갈매기가
엇그제 시어른 첫기일 지낸 울산댁
짠 내 나는 시집살이 삼십여 년
세상 무서운 거 없다며
이제야 사는 맛 난다며
엄지손가락 치켜세운 맘, 다잡지
부서지는 모래성처럼
잡을수 없는 것이 시간이라며
한순간도 놓치고 싶지 않다며
유람선에 봄 싣고
만개한 동백꽃처럼 피어난다.

석류

여성병원 산부인과 그 회실
백지장 같은 그녀가 누워있다
바람이 살짝 스쳐도 떨어질 석류처럼
가녀긴 링거줄에 매달려 있는 핏덩이들
알알이 여물도록 양분의 영양제 투여 중이다
쉽사리 열매 맺지 못한 지난 세월
눈물로 지새며 창문 밖에 걸린
석류의 시린 입맛을 잡아당긴다
이젠, 엄마 소리 한번 들어 볼 수 있겠냐며
홍조 띤 얼굴 석류꽃이다
남산만 한 배
퍼런 핏줄이 길을 만들고 있다
예정일다 일찍 적 벌어진
붉디붉은 석류두알
여섯 해나 묵은 텃밭에 구리내린다.

꽃은 봄을 사랑했지···

제3부

달빛 부서져 내리던 밤

내 사랑 CD

단단히 빼쳤다
열라고 꾹꾹 찔러도
앙다문 입술
요지부동이다
내것이지만 스쳐도
머리 끝에서 발끝까지
빙글빙글 춤추며
오선지 위를 날아다니더니

한 사나흘 추운 골목 그늘에
주차해둔 차 유리창처럼
앙탈을 부리며 서리발을 세운다

살며시 끄집어내
이목구비 갈김을 불어 넣자
그제 제 속내를 내보이며
"ㅣ요요요 예쁜 내사랑 오늘밤
내게로 와요·····"

촉촉해진 그녀가 다시 노래한다

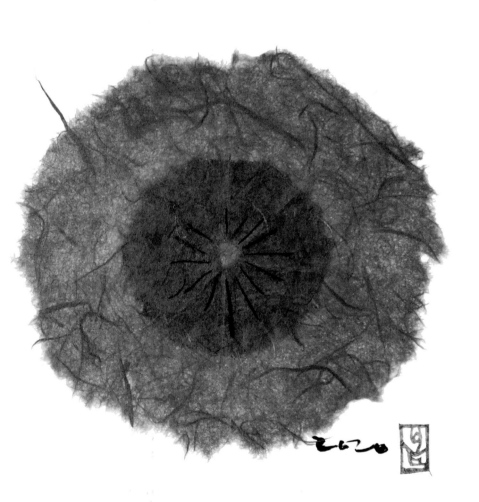

달빛 부서져 내리던 밤

바다에 별이 떳다
파도 소리 고요하고
밤배 마저 잠든 시간
친롱친롱 아기별
밤새워 재갈거린다

강에게 부뜨꿈
은빛 물결위에 춤추고
바위섬 인어아께서
구슬픈 사랑노래
내 가슴에

별이되어
부서져 내렸다

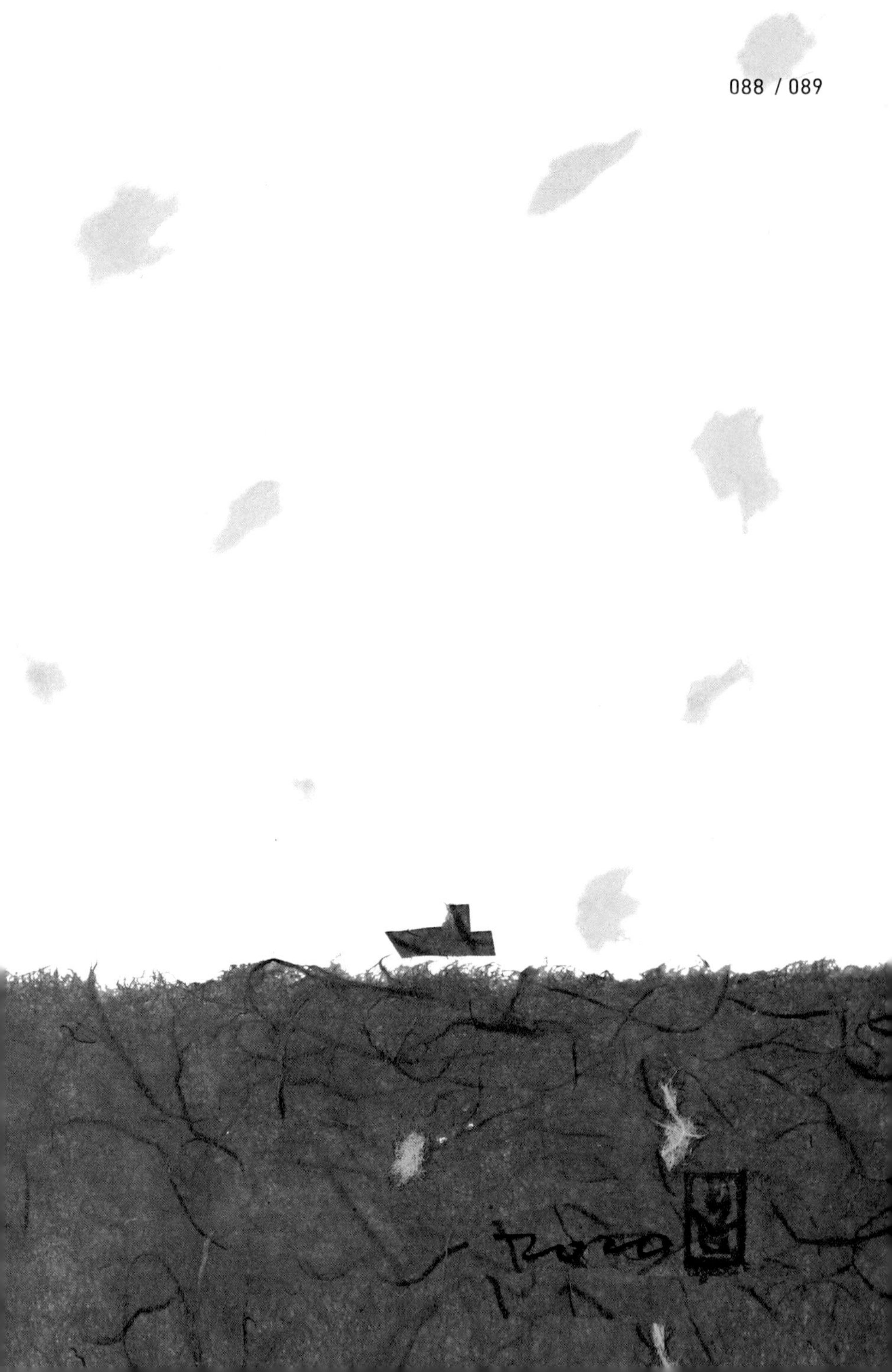

바람이 전하는 말

그대 살다 바람이 불면
부는 대로 몸을 맡겨 봐

파란 하늘 뭉게 구름도
시시때때로 변하지 않니

유유히 흐르는 저 강물도
나날이 물빛이 다르지 않니

새벽 찬이슬 맞지 않고
피는 꽃이 세상 천지 어디 있니

바람의 속삭을 느껴 봐
그 부드러움이
널 다시 일으켜
세워 줄거야 ——

그대 내게 온 순간

내 인생에 봄이 왔다
잿빛 하늘에 무지개 떴다

장마처럼 향기롭고
꿀결처럼 감미롭고
오뉴월의 소낙비처럼
척박한 삶의 오아시스였다

누가 여자 나이 오십이면
시드는 꽃이라고 했나
여자 나이 오십이면
활짝 핀 함박꽃이다 ―

이제부터 시작이다 ―
내 영혼의 날개여
펜 끝에서
신나는 춤사위 벌여라 ―

봄바람 같은 당신

당신은 항상 내게 따스한
봄바람인 줄 알았습니다
봄바람에게도
살을 에는 꽃샘추위가 있다는 걸
잠시 잊어버렸습니다
그 바람이 너무 따스하고 포근하여
미처 옷을 챙겨 입지 못해
지독한 추위에 떨고 있습니다

모든 기가 빠져나간 몸뚱이는
숨쉬기조차 힘에 겨워
그저 먼 하늘만 바라보며
눈물 흘리고 있습니다

하지만, 난 기억합니다
당신은 누구보다
내게 따스한 봄바람이라는 걸
이 비 그치고 나면
다시 포근히 감싸줄 것이라는 걸

바이러스

너만 보면 오작동이 나
내 가슴에 경변기가 울려
낯선 신경 줄은 터질듯 팽창하고
내 머리 오류 속에서 헤매고 있어

너만 보면 홍수가 나
내 가슴에 해일이 일어
긴장한 근육들이 온몸이 일어서고
너 알고 난 후 생긴 특이한 병이야

책임져
나 지금 비상 상태야

빨간 롱코트

장롱 깊숙이 무덤덤한 얼굴로
서 있는 빨간 롱코트
한 때 내 청춘을 흔들어대고
무지개 빛으로 물들여 줬던 빨강 롱코트
세찬 눈보라가 휘솔쳐도 그 옷간
입고 나가면 따뜻한 봄이었습니다
하얀 내 얼굴에 잘 어울린다는 말에
입가에 복사꽃이 피었더랍니다

올 마디마디 추억의 파편들이
물어 있는 빨강 롱코트
윤기 흐르던 옷에 보풀기가 일어나고
곱던 빛깔도 바래 입고 다닐 수 없지만
버려야 할 것을 차마 버리기 못하고
또다시 장을 깊숙이 넣어 두었습니다

그대 향한 내 사랑도 그런 것이었슈

슬픔도 재산이다

슬픔도 삼 놓으면 재산이라며
밀알 같은 슬픔 하나
그가 툭 던져 주고 가지 뭐예요
상처에 덧바르면 잘 잣는
흔하디흔한 연고도 하나 없어
현기증이 나지 뭐예요
그래. 슬픔도 재산이라지
정기적금을 할까, 주식을 할까
아님, 길목 좋은 곳에 묻어둘까
하다가. 사시사철 잔불껍 이는
마음의 밭 고랑에 던져두었어요
바람이 지나가고 햇살이 다녀간 후
곰삭힌 슬픔의 씨앗이 툭 불거져 나와
가지마다 향 맑은 열매가 주렁주렁 열려
파란 하늘을 이고 나비떼가 찾아드니
쓰디쓴 선물을 안겨준
그에게 감사의 편지를 쓸 거예요
진정 사랑했노라고······

몰랐습니다

한 사람을 차지한다는 것이
우주속으로
들어가는 일인 줄 몰랐습니다
세상 그 어떤 것도
그대를 사랑하는 일 만큼
어려운 일은 없는 것 같습니다
시시때때로 불어오는 저 바람도
매순간 변해가는 그 모든 것들도
다 그대로부터 전해 오는 것이었습니다——
그저 사랑하는 마음
하나면 되는 줄 알았습니다
비운 만큼 채워진다는 그말
이렇게 가슴 저릴 줄 몰랐습니다
한 사람을 사랑한다는 것이
우주 속으로
들어가는 일인 줄 진정 몰랐습니다——

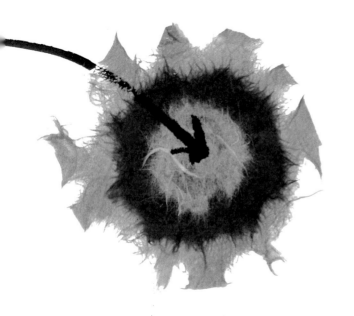

가을 타는 여자

조석으로 스산한 바람이 불면
여자는 가을보다 더 깊은 병에 걸린다
온몸은 나뭇잎보다 검붉게 타오르고
가슴은 알 수 없는 외로움에 젖어

멜로 드라마 주인공처럼
깃 세우며 어디론가 떠나고 싶다ㅡ
빨간 단풍잎 하나둘 떨어질 때면
차라리 난 그만 눈을 감고 싶다

누구든 나를 흔들지 말아다오
지나가는 바람이라도 흔들지 말아다오
저기 단풍잎도 되지 못한 영혼 하나ㅡ
여운 속에서 낙엽처럼 뒹굴고 있다

어머니, 꽃이 피네

주름진 얼굴에
꽃이 피네
여름 겨울 없이 나만 보면
겹버섯 얼굴에
복사꽃 피네
버선발로 뛰어와
연분홍 꽃 피우네
바람처럼 왔다 가버린 딸아이
뒷 모습 바라보며 눈가에
소금 꽃 피니네
오늘 난
어머니 얼굴에
꽃 피우러 간다네
한 달음에 달려가
함박꽃 피우러

손수건

집밖에 내다둔
쓰레기봉투 수거 거부당했다
푸른 가슴에 빨간 이름표 달고 서있다

배출 시간 어긴 죄 십만원 과태료

예전에도 그런적 있었다
제때 보내주지 하지 못한 마음
불쑥 내밀었다가 수취 거부당한 적 있어
시간은 관용을 베풀지 않았다

그대에게 가는 길

차창 밖 초록 들판
꽃길 내어주며
파란 하늘 뭉게구름
두둥실 반겨주네

산기슭 홍매화 아씨
시샘 어린 눈웃음
강가에 버들 도령도
신이 나서 노래하네

그대에게 가는 길
잠자던 세포 마디마디가
흥에 겨워
절로 절로 춤을 추네

2020

당신이 있기 때문입니다·

포근한 햇살보다
더 따사로운 건
당신의 정겨운 눈길입니다·

붉은 장미보다
더 향기로운 건
당신의 고운 마음입니다·

스치는 바람에도
설레임이 묻어나는 건
당신을 향한 그리움입니다·

아플때나 힘이 들때도
슬프지 않은 건
당신이 함께하기때문입니다·

이 세상 모든 것들이
아름답게 보이는 건
사랑하는 당신이 있기 때문입니다——

내가 사랑하는 사람

내가 사랑하는 사람은
길가에 핀 이름 없는 꽃 한 송이
바람 한 점도 위해 머금을 알고
밟히고 밟혀도 다시 일어서는
들풀 같은 사람이면 좋겠습니다

내가 사랑하는 사람은
메마른 대지를 적시는
반가운 단비해 걸 쓰임받고
어둠 속에서 더욱 빛을 발하는
별빛 같은 사람이면 좋겠습니다

내가 사랑하는 사람은
한 편의 시도 읊을 줄 알고
비와 음악을 사랑하고
어려운 사람을 보면 도와주는
가슴 따뜻한 사람이면 좋겠습니다

내가 전화하면 언제라도 달려오는
그런 사람이면 더욱 좋겠습니다 ―

우리는 연인

스쳐 가는 수많은 사람 중에
내 마음의 빗장은 열고들어나
봄빛 같은 눈웃음으로
달빛 같은 환한 미소로
사랑의 꽃씨 하나 심어 주셨죠

마주 보는 눈빛만으로
가슴 가득 차오르는 사랑
그대 그대 부르면 너무 정다워
그대 그대 부르면 너무 달콤해
행복의 바이러스 솟아오르네

비 내리는 날의 연가

감성을 자극하는 비가
슬픈 음악처럼 내리고 있다.
슬로우 슬로우
몰락몰락 커피잔 속에,
뜬금 없이 그대가 웃고 있어
따스한 커피를 마셔도
바람이 인다.
몇 잔을 마셔도 가슴이 허하다 —
창문 두드리는 저 빗방울 소리
행여 나와 같은 마음일까 —
창가에 앉아 친 종일 기다려 봐도
그대는 아니 오고
먼 산 부엉이만 울어 댄다.

기러기

어디로 갈 거냐
마주올 너는 없는데
어디에도 없는데

어디로 갈 거냐
북서풍은 부는데
네 창문은 닫혀 있고
지친 날개는 추락하는데

어디로 갈 거냐
바람은 드세지고
빗줄기 굵어지는데
어디로 갈 거냐

애수

그리워한다는 건
피가 거꾸로 솟는다 의미다-
그대에게 가는 관이 보이질 않아
혈이 통하지 않는다
싶다 뱉은 껌처럼 굳어만 간다

그 언제쯤이면
나부끼는 나뭇잎처럼
바람앞에 당당할 수 있을까
여린 살갗을 파고드는 갈바람 속에
그대 살 내음 묻어난다
산도적 같은 그대 땀내가 흥건하다
산도적은 알기나 할까
막막한 내가슴 둑을 어는
오직 그대뿐이라는 걸
산도적은 알기나 할까
매일 한 움큼씩
각혈하는 낮달의 슬픔을

꽃은 봄을 사랑했지···

제4부

그리움은 노래가 되어

그랬으면 좋겠어

주룩주룩 봄비처럼 내 가슴에도
파릇파릇 새싹이 돋아나면 좋겠어

살랑살랑 봄바람처럼 우리 사랑도
움쩔움쩔 꽃봉오리 영글면 좋겠어

봄이 되면 강남 갔던 제비가 돌아오듯
나풀나풀 내 사랑도 돌아오면 좋겠어

아지랑이 피어나는 오솔길 너와 함께
룰루랄라 콧노래 불러 봤으면 좋겠어
정말 그랬으면 참 좋겠어

그대가 와요

푸른 언덕에 앉아 있으면
눈부신 햇살 같은 그대가 보여요
파란 하늘을 보고 있으면
뭉게구름 속에 그대가 있어요
저 하늘은 내 마음을 알고 있나 봐요
실바람 타고 그대가 와요
저 하늘은 내 마음을 알고 있나 봐요
고운 미소를 지으며 와요
랄랄라 내 가슴에 복사꽃이 피어나요
랄랄라 내 가슴이 풍선 처럼 부풀어요

그대 그리다

그대 그리다 그리다
깊은 산속 흙속가
이름 없는 들꽃이 되어
먼 훗날
그대 내게 돌아오는 날
난 어여쁜 이름을 가진
아름다운 꽃이 되어
향기롭게 꽃 피우리라

그대 기다리다 기다리다
텅 빈 들판 홀로 선
앙상한 겨울 나무가 되어
먼 훗날
그대 다시 돌아오는 날
난 풍성한 열매를 맺은
사랑의 나무가 되어
초록 들판 푸르름 되리라

벚꽃 지던 날

불꽃처럼 살다가
늘 같이 사라진 꽃이여
나 그 꽃을 받아 쥐고
황홀한 기쁨을 노래하리오

떠나는 뒷모습이
더욱 아름다운 꽃이여
나 그 꽃을 살라 먹고
이별의 아픔을 노래하리오

훗날을 기약하려
흔적 없이 사라진 꽃이여
나 그 고운 추억 갈아 먹고
찬란한 슬픔을 노래하리오

커피향 같은 사람

창밖에 하염없이 비가 내리면
어김없이 당신 생각이 납니다
감미로운 사랑을 전해준 당신은
그윽한 향기로 내게 남아 있습니다

따스한 커피를 마시듯
그리움 한 스푼, 추억 한 스푼
눈물 한 스푼 넣어 마시고 나면
당신의 향기가 온몸을 감싸고 돕니다

커피 한 모금에 당신의 미소가
두 모금에 당신의 목소리가
세 모금에 당신의 향기가

그리고
마지막 한 모금에 눈물 방울이……

나의 연인이여

부드러운 그대의 음성
시가 되어 이 가슴속 깊이 물들이고
뜨거운 그대의 숨결
노래되어 이 마음 황홀하게 합니다

사랑스런 나의 연인이여
이 가슴 뛰는 날까지 사랑합니다
사랑스런 나의 연인이여
이 목숨 다 하는 날까지 사랑합니다

은은한 향기에 빠져버린
나의 영혼 행복의 미소 절로 번지고
달콤한 그대의 속삭임에
내 뺨은 연분홍 꽃으로 피어납니다

행복한 여인

그대 내게 고운 미소 보내는 순간
한 송이 어여쁜 꽃이 되었네
그대 내게 달콤한 입맞춤하는 순간
감미로운 솜사탕이 되었네

그대 내게 다스한 눈빛 보내는 순간
한 마리 예쁜 종달새가 되었네
그대 내게 살며시 손잡는 순간
아름다운 무지개가 되었네

그대 내게 뜨겁게 다가온 순간
밤하늘에 작은 별이 되었네
그대 내게 사랑을 속삭이는 순간
가장 행복한 여인이 되었네

당신은

술잔 속에 가물거리는 당신은
잊을만하면 찾아와
그리움만 심어주고
가버린 무정한 사람

사랑도 우정도 아닌 당신은
생각나면 찾아와
내 가슴 휘저어 놓고
가버린 얄미운 사람

내 맘 깊은 곳에 있는 당신은
다가설 수도
떨쳐 버릴 수도 없는
그림자 같은 사람

바람아 전해다오

흐르러가는 저 구름처럼 그대 어디로갔나
흘러 가는 저 강물처럼 그대 어디로가버렸나
바람 따라 내 마음도 그댈 따라 가리라
가다 보면 우리 다시 만나게 될까요
아 바람아 바람아 전해다오
그리운 이 마음을 물망초 같은 이 마음을

강남 갔던 저 제비처럼 다시 돌아온다면
싱그러운 저 꽃밭처럼 나는 피어난 거예요
바람따라 내 마음도 그댈 따라 가리라
꿈속이라도 정말 그댈 만나고 싶어요
아 바람아 바람아 전해다오
변치 않는 이 마음을 소나무 같은 이 마음을

빨간 우체통만 보면

빨간 우체통만 보면
왜 당신 생각이 날까요
흘어진 낙엽 한 장 주워
내 고운 사연 담아
갈 바람 편에 소식을 전합니다
수취인 불명

낯선 거리 길모퉁이
헤매고 있을 일세
안개비 되어 흘러 버리고
먼 하늘가에 맴도는 얼굴
뭉게 구름처럼 떠돌고 있어요
나 오늘도 예쁜 낙엽 손에 들고
빨간 우체통 앞에 서 있습니다

눈내리는 날의 연가

첫눈 내리던 날
하얀 눈꽃 송이 받아들고
사랑을 속삭이며
영원을 약속하던 그대여

차곡 차곡 쌓인 그리움
눈송이만큼 가득한데
그대는 아니 오고
찬바람만 불어 오네요

전선을 타고 흐르던
따스하던 그 음성
정겨운 그 눈빛
아직 내 가슴에 남아 있어요

난 오늘도
잿빛하늘만 쳐다보며
앙상한 겨울나무처럼 서 있습니다

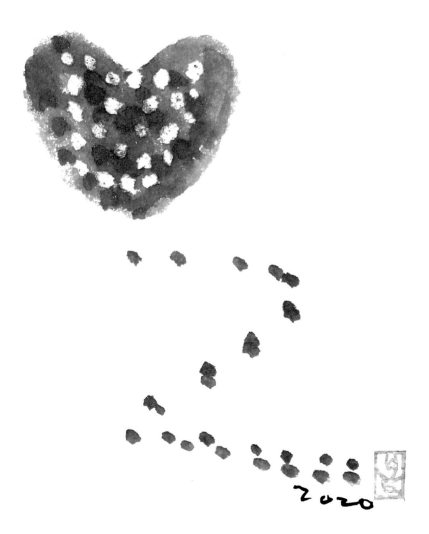

바람이어라

난 바람이어라
작은 바람이어라
숨어 소리만 내는 바람이어라

난 바람이어라
외로운 바람이어라
스쳐 지나가는 바람이어라

인생도 사랑도
바람 따라 세월 따라
소리없이 흘러가는 거

오늘도 가련한
내 영혼은 바람따라
너울거리며 춤을 춘다

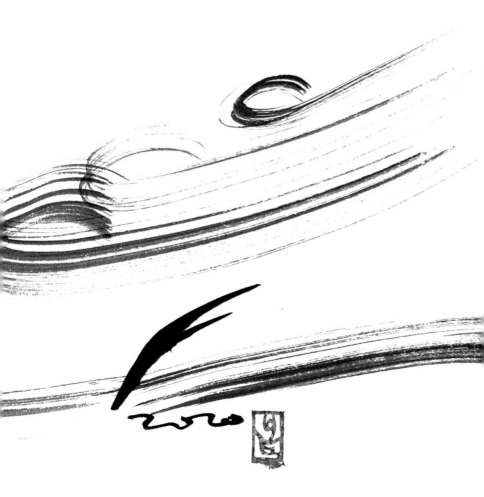

내 마음인 줄 아세요

티끌 하나 없는 파란 하늘에
뭉게구름 한 점 피어오르면
당신 그리다 애틋한 마음
아롱아롱 곱게 수놓아 바람결에
띄워 보낸 내 마음인 줄 아세요

바람마저 잠든 나른한 오후
어디선가 노랫소리 들려오거든
당신 기다리다 애잔한 마음
소록소록 그리움 엮어 바람결에
띄워 보낸 내 마음인 줄 아세요

달빛 고운 밤 산책길 나섰다
코끝을 스치는 향기 있거든
당신 못 잊어 애절한 마음
대롱대롱 풀잎에 매달아 바람결에
띄워 보낸 내 마음인 줄 아세요

바람의 여인

바람이 불고 낙엽이 지는 이 거리
나 홀로 걸어가면 내 늦가에
아련히 젖어 드는 그대
이 밤도 그댄 안 오시려나
달빛 고운 밤이면
목이 메이게 불러보는 그 이름
바람이 그대를 데려다주리라
추억이 사랑을 불러오리라
아 그대는 나에게 무엇이관래
이토록 가슴 저미나
사랑이여 다시 한번 이 가슴에
아름다운 꽃을 피우리라

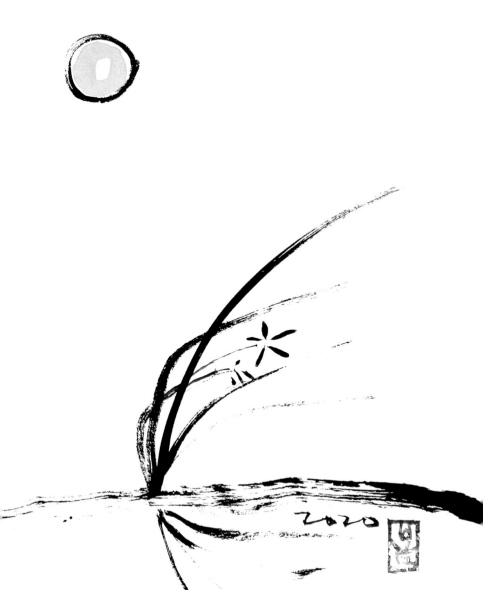

가을은

가을은
바람에 나부끼는
여인의 스카프가 시작하며
배바리 걸친 남자의 뒷모습이
근사해 보일 때 떠나간다

가을은
해 저문 낙엽 쌓인 공원 벤치
연인들의 눈길 속에서 익어가고
어느 여류 시인의 책갈피 속에서
영원을 꿈꾸며 잠이 든다

꽃은 봄을 사랑했지